Je ne suis
plus un bébé !

C'EST LA VIE Lulu !

Je ne suis plus un bébé !

Une histoire écrite par Mélanie Edwards
illustrée par Marylise Morel
Couleurs de Christine Couturier

bayard poche

1

Une super colo !

Pendant les vacances de Pâques, je suis allée en colonie de poney. C'était la première fois de ma vie que je partais sans pleurer, que mes parents ne m'ont pas manqué et que j'ai autant rigolé. Je me suis fait plein de nouvelles copines, des filles trop marrantes, et maintenant je sais presque aussi bien monter à poney qu'Élodie (c'est ma meilleure amie). Oui, vraiment, c'était gé-nial !

Pour l'instant, je suis assise dans le car du retour ; je reconnais déjà les rues de mon quartier et, dans quelques secondes, je vais retrouver mes parents. Je suis quand même super contente de les revoir. Lorsque le bus s'arrête devant la mairie, j'aperçois Maman qui m'a repérée. Elle me sourit à travers la vitre. Oh, là, là, je ne tiens plus en place !

Quand je descends du car, Maman se précipite devant la porte et s'écrie :

– Ma Lulu ! Qu'est-ce que tu m'as manqué, mon bébé !

J'ai beau être ravie de la serrer dans mes bras, j'ai un peu honte qu'elle m'ait appelée « mon bébé » devant tout le monde. Surtout devant mes nouvelles amies, qui ne sont pas nunuches. Alors je deviens rouge tomate, et je réponds avec un air détaché :

– Bonjour, Maman, ça va ?

Nous récupérons mon sac dans le grand coffre, je dis au revoir aux organisateurs et aux copains du groupe et *hop !* je grimpe dans la voiture. Là, très excitée, je commence à raconter tout ce que j'ai fait pendant ces dix jours :

– C'était méga-super-top, Maman. Tu ne peux pas savoir ! D'abord, j'étais dans une chambre avec quatre filles hyper-chouettes. Le soir, après qu'on nous ait dit d'éteindre, on parlait de plein de trucs. De l'école, de nos frères et sœurs, des garçons…

– Des garçons ? relève Maman.

– Ben oui. De nos amoureux, de ceux qui nous embêtent, de ceux qui font trop leurs crâneurs.

– « Trop leurs crâneurs » ? Qu'est-ce que c'est que cette façon de parler, Lulu ? J'ai l'impression d'entendre Vanessa, qui a quatre ans de plus que toi !

– Heu, enfin, des garçons qui font les malins, quoi !

Ça m'énerve qu'elle me reprenne sur mon vocabulaire. Là-bas, je parlais comme je voulais. Du coup, je n'ai plus envie de lui raconter ce que j'ai vécu, sans elle, sans Papa, sans Vanessa, ma sœur, et Pistache, mon cochon d'Inde.

Je me mets à bouder un peu, mais Maman ne s'en rend pas compte. Elle continue de me questionner :

– Et le poney, ma chérie, c'était bien ?

– Gé-nial ! J'ai même appris à faire de la voltige. C'est dur, je suis tombée plusieurs fois, mais, quand j'y arrivais, qu'est-ce que j'étais fière ! Et les monos, ils expliquaient trop bien.

J'ai dû dire un « trop » de trop, je le sens au petit air pincé que prend Maman. Pourtant, elle me pose une autre question, comme si de rien n'était :

– Ah bon, tu es tombée plusieurs fois ? Tu ne t'es pas fait mal, mon petit chou ? Personne ne m'a prévenue…

– Si, un peu, mais ce sont les risques du métier. Et, quand tu tombes de poney, les monos te conseillent de remonter tout de suite, pour ne pas rester sur une mauvaise chute. C'est une bonne technique, parce que même les plus trouillards, ils repartaient aussi sec… Ils avaient à peine le temps d'avoir peur.

– Enfin, pour des enfants de votre âge, c'est difficile…

– Peut-être, sauf que, là-bas, on ne nous traitait pas comme des bébés, et ça a fait drôlement du bien à certains !

Pensive, Maman conclut :

– En tout cas, tu m'as l'air en pleine forme. Ça me fait plaisir que tu te sois autant amusée !

Avant d'arriver à la maison, nous faisons un détour pour déposer les photos de l'appareil jetable qu'elle m'avait acheté pour le séjour. Le photographe nous dit que ce sera prêt demain. J'ai hâte de pouvoir montrer la colo, mes copines, les monos, et tout, et tout à mes parents et à Élodie !

2
Une bonne et
une mauvaise surprise

Papa nous attend devant la maison. Je sors de la voiture et lui saute dans les bras. Il a mis sa belle chemise bleue, celle que je préfère. Vanessa est là aussi, avec son sourire métallique (elle a des bagues)… Pour une fois, ça me fait plaisir de la retrouver. Mais à peine me suis-je avancée qu'elle dit un truc qui m'énerve :

– Salut, ma Lulu qui pue ! Tu m'as manqué, gros bébé !

Elle trouve sûrement ça très drôle, et elle veut me montrer qu'elle est contente de me revoir, sauf que ça m'agace. Alors je réponds du tac au tac :

– Salut, Vaness' la peste ! Tu n'as pas changé, vieille toquée !

Et, comme deux idiotes, on ricane en se faisant un gros bisou.

Tandis que Papa me pose trente-six mille questions, Maman nous coupe et annonce la grande nouvelle :

– Pour fêter ton retour et le dernier jour des vacances, Papa et moi, nous avons décidé de vous emmener demain au parc d'attractions Lunatik. Et, si tu veux, tu peux proposer à Élodie de venir avec nous. On ira d'abord déjeuner au restaurant, et ensuite on se mettra en route !

Alors là, pour une bonne surprise, c'est une sacrée bonne surprise ! Cela fait des mois que je supplie mes parents d'y aller. Ni une ni deux, je saute sur le téléphone :

– Allô, Élodie ? C'est moi, Lulu ! Tu vas bien ? Oui, je viens tout juste de rentrer. Ouais, c'était méga-top. Je te raconterai… (Blablabli, blablabla…) Maman ! Élodie me demande à quelle heure on passera la chercher.

– Eh bien, à 11 heures 45 ?

– 11 heures 45, ça te va ? Super, à demain.

Clic. Et voilà, c'est reparti, je suis une vraie pile électrique. Je fais des petits bonds de poney dans l'entrée. Maman rigole et me conseille de prendre une douche :

– Après un long voyage, ça fait du bien !

Je monte les escaliers en hennissant, et je lui réponds :

– Pas de problème, maman-chérie-que-j'aime-à-la-folie. Huuuuue, j'y vais au grand galop !

Et elle ajoute :

– Et tu jetteras un coup d'œil sur ton lit, Jolly Jumper ! Je t'ai acheté de nouveaux habits très jolis.

Trop gentille, ma super maman !

D'abord, je cours faire un énorme câlin à Pistache, mon cochon d'Inde. Qu'est-ce qu'il est mignon !

Je le dorlote, je lui fais les petits guilis qu'il aime bien, et je finis par mon truc préféré : un gros bisou sur son mini-bout du nez. Il éternue à chaque fois, j'adore !

Puis je regarde ma chambre. Ça va, rien n'a changé. Soudain, je découvre les vêtements neufs posés sur mon lit. Hum, comment dire… Je n'aime pas du tout… Ce n'est pas possible, ma mère a dû se tromper, elle a voulu faire un cadeau à ma petite cousine ! Il y a un tee-shirt rose bonbon avec des fronces aux bras, un pantacourt mauve avec

plein de fleurs nulles sur les poches, et un gilet rose fuchsia avec des espèces de dentelles au bout des manches… C'est tout simplement ho-rri-ble. On dirait des habits pour une fille de cinq ans. Moi, j'ai neuf ans, je ne porte pas ce genre de trucs gnangnan… Oh, pourquoi ma mère choisit encore mes vêtements à ma place comme si j'étais un bébé ?… Ce n'est pas juste. Elle a profité de mon absence pour faire n'importe quoi…

Mais elle semblait tellement ravie que je ne vois pas comment je vais pouvoir lui avouer que ça ne me plaît pas du tout… Et encore, je suis polie, parce que ce que je pense au fond de moi, c'est que c'est très moche et que je n'ai pas un gramme envie de les porter.

Pourtant, le lendemain, après une bonne nuit de sommeil, je décide que le plus sage et le plus gentil, c'est de les enfiler et de faire comme si j'étais contente. Je sens qu'Élodie va se moquer de moi… Aïe, aïe, aïe !

Je descends dans la cuisine, mal à l'aise dans mon déguisement de fillette, et Papa me prend par les épaules en disant :

– Ouh, ma jolie Lulu est de retour !

Et il me colle un gros baiser sur la joue.

Maman s'empresse d'ajouter :

– J'ai bien choisi, non ? J'ai pensé que ces couleurs, ça changerait un peu de tes vieux sweats délavés. C'est frais, pour le printemps !

Je pense très fort :

« Frais, mon œil ! Tartignole, oui, c'est sûr. »

Mais je me retiens de le dire tout haut. Avec un sourire pénible, j'arrive même à prononcer des remerciements :

– Merci beaucoup, Maman.

J'hésite deux secondes, puis ça sort tout seul :

– Tu ne trouves pas que j'ai l'air un peu fifille, quand même ?

– Enfin, Lulu, où tu vas chercher ça ? Au contraire, c'est très mignon, je t'assure !

Évidemment, si elle pouvait me coiffer comme une poupée sage, ma mère me ferait une raie sur le côté et me mettrait des petites barrettes à fleu-fleurs. Heureusement, elle sait que mes cheveux sont intouchables ! Je suis une fille à libre crinière, moi, comme les poneys ! Indomptable !

3

Le menu enfant

Ça y est, c'est enfin l'heure de partir au restaurant. Je monte à l'arrière de la voiture ; je boucle ma ceinture, quand mon père s'écrie :

– Ah, Lulu, attends une seconde ! Il faut que je sorte le rehausseur du coffre.

– Le rehausseur ? Enfin, Papa, je n'en ai plus besoin ! Je suis assez grande maintenant…

– Peut-être, mais la loi exige de l'utiliser jusqu'à ce que l'enfant ait dix ans. Et tu n'as pas dix ans.

Je sens que je me transforme en cocotte-minute. De l'air chaud me sort par les trous de nez en faisant de gros nuages de fumée, comme les dragons :

– J'ai l'air de quoi, moi, dans ce siège de minus ?

– D'une petite fille qui fait bien les choses pour se protéger en cas d'accident, rétorque Papa sans sourciller.

– Eh bien, hier, Maman, elle ne m'a pas dit de le prendre, j'ajoute en grognant.

– C'était une erreur, elle a oublié…

Il m'a cloué le bec. Il a gagné.

Vanessa, derrière de moi, doit jubiler. Elle fait semblant de regarder ailleurs comme si ça ne l'intéressait pas ; pourtant, je suis sûre qu'elle ne perd pas une miette de la scène humiliante que je suis en train de vivre. Ouf ! on démarre et je suis tellement pressée de retrouver Élodie que je pense à autre chose.

Au bout de quelques minutes, Papa arrête la voiture.

– Tu vas la chercher, Lulu ? me demande-t-il.

Je saute sur le trottoir et fonce sonner au portail de la maison. Élodie est prête à partir. Quand on revient, Papa a soudain l'air embêté :

– Euh… Bonjour, Élodie. Zut, c'est bête, nous n'avons pas de second rehausseur… Alors, tu t'attaches bien, hein ? Pour une fois, ça ira.

Un peu surprise, Élodie lui répond :

– Oh, ce n'est pas grave. Moi, je n'en utilise plus depuis des mois. Mes parents ont dit que je n'en avais plus besoin.

Et *vlan !* Papa fait une drôle de tête. Pour changer de sujet, il lance :

– Hé, les filles, la brasserie de la place du 14 Juillet, ça vous plairait ?

– Oui, oui, oui ! on crie toutes ensemble.

Arrivées au restaurant, Élodie et moi, on s'installe en bout de table pour pouvoir bavarder tranquilles. Vanessa se met à l'autre bout, à côté de Maman pour bien faire comprendre qu'elle n'a aucune envie de s'adresser à des petites CM comme nous. Pfff, qu'est-ce qu'elle m'agace !

Le serveur s'approche de notre table :

– Bonjour, Messieurs-dames, voici les cartes !

Il s'adresse ensuite à mon amie et à moi en nous en tendant une à chacune :

– Et voilà pour les jolies demoiselles.

Élodie et moi fouillons le menu à la recherche du steak haché, tandis que mes parents et Vanessa dis-

cutent de ce qu'ils vont prendre. Lorsque le serveur revient, il nous demande ce que nous avons choisi. Et, très naturellement, Maman répond :

— Alors, pour les deux petites filles, des menus enfant. Moi, je prendrai de la cervelle d'agneau, ma grande fille, une salade de gésiers et mon mari, de la langue de bœuf façon grand-mère. Et en entrée une douzaine d'escargots, que nous partagerons.

— Ah, et qu'est-ce qu'elles préféreraient, ces petites : du poulet ou du steak haché ?

Sans nous laisser parler, ma mère dit :

— Steak haché-frites, c'est parfait. Hein, les filles, c'est bien comme ça ?

Évidemment, Élodie, qui est très polie, fait signe que oui. Mais moi, je suis furieuse. Quand le serveur a le dos tourné, je lance :

— On est grandes, maintenant, tu aurais pu nous demander notre avis… Sinon, à quoi ça sert d'avoir une carte, hein ?

Vanessa, qui est la reine des pestes, intervient :

— Tu aimes peut-être les escargots à l'ail, ou les

poireaux vinaigrette, mademoiselle ? Ou le maque-reau grillé avec des tomates à la provençale ?

Papa se rend compte que Maman aurait pu nous consulter, et il ajoute :

– Allez, Lulu, vous vous rattraperez sur le dessert. Vous choisirez celui que vous voudrez, même s'il n'est pas dans le menu.

Avec Élodie, on se fait un clin d'œil, l'air de dire à Vanessa : « Et toc ! »

Alors, à la place de la terriblement ennuyeuse glace vanille-fraise, mes parents nous offrent de délicieuses profiteroles au chocolat, décorées avec un petit parapluie en papier très joli. En sortant de la brasserie, je les remercie :

– Merci beaucoup ! Je me suis régalée. Parce que, à la colo, c'était super, mais les repas étaient dé-gueu… euh… goûtants. Même les steaks étaient infects. De vraies gamelles !

– On dit de la semelle, ma Lulu, pas des gamelles ! me reprend Maman en riant comme une sauterelle.

4

Mes parents ont peur de tout...

Arrivés au parc Lunatik, mes parents sont nerveux. Ils nous disent :

– Bon, Lulu et Élodie, restez bien avec nous, le parc est immense. Si jamais vous vous perdez, demandez à une gentille dame de vous ramener à l'accueil et faites-nous appeler au micro.

Élodie et moi, nous nous regardons en gloussant :

– On ne va pas vous perdre, on n'a plus trois ans !

Mais mon père ajoute :

– On ne sait jamais, il vaut mieux être prudent.

Très vite, nous nous rendons compte que le parc est plein d'attractions extraordinaires, mais qu'il y en a beaucoup pour les grands, et pas tellement pour les enfants de notre âge… Quand nous nous approchons des manèges, des espèces de surveillants nous montrent des toises avec la taille minimum autorisée. Nous nous mettons en dessous, et ils

nous disent si on peut y aller. C'est dur de se faire refuser, car, bien sûr, les attractions qui nous font envie sont les plus excitantes, mais les plus dangereuses aussi. Alors, on rate le train fantôme : ça a l'air super. De dehors, on entend les gens qui n'arrêtent pas de hurler comme s'ils étaient poursuivis par des zombies. On rate les sièges ascenseurs, qui montent et qui descendent à toute vitesse. Tellement vite que les passagers semblent tous avoir le mal de l'air… Moi, je suis sûre que ça ne m'aurait rien fait ! Eh ! je sais voltiger maintenant ! Au bout du troisième refus, Élodie râle, et moi j'ai envie de pleurer. Vanessa, elle, s'amuse comme une folle, pendant qu'on l'attend…

Heureusement, Élodie et moi, on a des millions de choses à se raconter, et le temps passe vite à bavarder. Sauf qu'après quarante-cinq minutes sans être montée dans aucun manège, je craque :

– On pourrait peut-être chercher des activités pour nous, maintenant, non ?

Mes parents étudient attentivement le plan et

décident d'aller aux chaises volantes. Pour se rattraper, on a droit à deux tours ! C'est trop, trop chouette de tourner en l'air si haut. En plus, Élodie et moi, on choisit un siège à deux, comme ça, c'est encore plus rigolo. Lorsqu'on descend, on a la tourniquette, comme si on était passées dans une essoreuse à salade à une vitesse de 150 kilomètres/heure !

Ensuite, direction les autos tamponneuses ! Maman nous prévient qu'elle déteste ça. Et Papa prend un ton sérieux :

– Je propose que Vanessa aille avec Élodie et que toi, Lulu, tu viennes avec moi. Un grand et une petite, c'est plus prudent.

J'enrage. Je regarde Élodie avec des yeux en boules de loto. Mais elle me fait signe de laisser tomber. Comme on n'a pas eu notre dose d'émotions fortes, on crie :

– OK !

Et, avant de me ruer dans la première voiture à ma portée, je précise :

– Mais c'est nous qui conduisons, hé, hé !

Puis je m'assieds directement au volant. Non mais ! Tels deux diables sortis de leur boîte, Élodie et moi faisons exprès de nous rentrer dedans à la moindre occasion en nous esclaffant. Papa et Vanessa sautent à côté de nous comme du popcorn. Ils auraient dû se méfier : les petites, ça conduit comme des furies !

En sortant, on est si excitées et on rit tellement qu'on ne remarque pas que mes parents et Vanessa se sont éloignés. Au bout de cinq minutes, nous nous rendons à l'évidence : ils ont disparu… Élodie panique aussitôt :

– Oh, là, là ! Comment on va pouvoir les retrouver ? Tu as vu le monde qu'il y a ? Et on ne sait même pas où on est…

Je reste calme et j'essaie de la rassurer :

– Ne t'inquiète pas, on va chercher sur un plan. Tiens, regarde, il y en a un, là.

Je m'approche et tente de déterminer l'endroit où nous nous trouvons. Ce n'est pas plus dur à déchiffrer que les plans de chasse au trésor de l'école. Élodie est au bord des larmes. Après quelques instants, je découvre que, pour rejoindre l'accueil, il suffit d'aller tout droit assez longtemps. Soulagée de m'être si vite repérée, je lance :

– Ce n'est pas loin, on va prendre cette route-là jusqu'à l'entrée. On n'a même pas besoin de demander à une « gentille dame » !

– Tu es sûre ? insiste mon amie, très angoissée. Tu ne crois pas qu'il vaudrait mieux se faire accompagner par un adulte ?

– Mais non, puisque je te le dis !

Je saisis la main d'Élodie pour me rassurer un peu quand même, et nous voilà parties.

Il y a vraiment beaucoup de gens et je me demande si on va s'en sortir. Mais, au bout du compte, on arrive bien à l'accueil. Là, j'explique simplement que nous nous sommes perdues. La dame prend son micro et appelle mes parents : « Les parents de la petite Lulu sont demandés à l'accueil. »

Un quart d'heure plus tard, quand j'aperçois ma famille approcher, je suis drôlement soulagée et, en même temps, très fière de moi. Je m'écrie :

– Vous en avez mis, du temps !

Ma mère et Vanessa répliquent :

– Mais où étiez-vous passées ? On vous a cherchées partout !

Mon père, qui semblait inquiet lorsqu'il est arrivé, dit :

– Je suis content que vous soyez là ! On s'est fait un sang d'encre ! Je n'ai rien compris : ça s'est passé en deux secondes. Vous étiez là, et puis vous n'y étiez plus… Comment êtes-vous venues jusqu'ici ?

– On s'est débrouillées comme des grandes en regardant un plan. On n'a même pas eu besoin d'aide, hein, Élodie ?

Élodie est toute blanche, mais je vois qu'elle aussi est fière de s'en être si bien tirée !

Avec un air taquin, mon père ajoute :

– Qui a dit que vous n'aviez plus trois ans ?

5

Ma crise de nerfs

Après cet épisode, il est déjà un peu tard, et nous décidons de rentrer. Dans la voiture, nous nous repassons tout le film de la journée. Nous déposons Élodie chez elle, puis nous nous arrêtons chez le photographe pour récupérer les tirages de ma colo. Je les garde précieusement sur mes genoux. J'ai hâte de les regarder avec mes parents !

Mais, à peine avons-nous fait un pas dans la maison que ma mère s'écrie :

– Ouh, là, là ! Il est déjà 19 heures 45... Lulu, fonce prendre un bain ! Je prépare le dîner. Demain, il y a école, il ne faut pas traîner !

Et là, comme je me suis retenue toute la journée, je m'énerve pour de bon :

– 19 heures 45, ce n'est pas la fin du monde ! Je suis encore en vacances. Je n'ai pas envie de me presser ! Et, si je me couche un peu tard ce soir, ce n'est pas grave. JE NE SUIS PLUS UN BÉBÉ !

Maman devient rouge coquelicot :

– Lulu, j'ai compris. Il n'empêche que je te demande de t'activer un peu. Allez, hop ! file te laver et te mettre en pyjama !

Je monte les escaliers au galop, en la maudissant à voix basse :

– Tout de suite, Maman-brosse-tes-dents-fais-pipi-et-va-au-lit.

Sauf que, une fois dans ma chambre, je me jette sur mon oreiller et j'éclate en sanglots. J'en ai marre,

marre, marre qu'on me considère toujours comme
une moins que rien. Il faut toujours que j'obéisse,
que je fasse attention à ci et ça et que je sois gentille comme un agneau. Pourquoi mes parents ne
comprennent-ils pas que j'ai grandi ? J'ai passé dix
jours super bien toute seule et, depuis mon retour,
j'ai l'impression qu'on ne cesse de me freiner dans
mon élan. Moi qui étais si contente de retrouver
la maison, je n'ai plus qu'une envie : repartir… En
passant devant ma chambre, Vanessa m'entend et
crie dans le couloir :

– Maman, il y a Lulu qui pleure. Tu peux venir ?

Elles entrent et me demandent :

– Bah, alors, Lulu, qu'est-ce qui t'arrive ?

– Vous n'avez pas frappé à ma porte avant d'entrer ! Quand c'est Vanessa, tout le monde le fait, hein, de frapper ! Mais, quand il s'agit de moi, non ! Je compte pour du beurre, peut-être ? J'en ai assez que vous me traitiez comme un bébé. Vous voulez que je vous fasse la liste de tous les trucs qui m'ont énervée depuis hier ? Vous avez intérêt à vous asseoir, parce que la liste est longue…

Et, là, je ne m'arrête plus, je sors tout ce qui m'est resté sur le cœur : le « mon bébé » à la sortie du car, les remarques de Maman sur ce que je lui racontais, le bonjour débile de Vanessa, les habits moches, le rehausseur, le menu enfant, le message préventif de Papa sur si jamais on se perdait, les interdictions au parc, et, enfin, l'ordre de me dépêcher pour dîner à l'heure des poules…

Maman se gratte la gorge. Je sens qu'elle ne s'attendait pas à ça. Évidemment, elle ne s'est rendu compte de rien… Vanessa, elle, se gratte la tête, l'air de penser que cette scène lui rappelle quelque chose, qu'elle l'a vécue, elle aussi, plusieurs années auparavant.

Puis Maman s'explique en me prenant la main :

– Écoute, Lulu, je suis désolée que cette rentrée à la maison te paraisse désagréable et que ça te mette en colère. Tu es partie seule pendant dix jours, tu t'es débrouillée comme un chef et, quand tu reviens chez toi, personne ne voit que tu as changé… Alors que toi, tu as vraiment le sentiment d'avoir grandi. Mais c'est plus compliqué que ça. Tu n'es plus petite, c'est ce que tu veux nous dire ; mais tu n'es pas grande non plus. Je pense que Papa, Vanessa et moi, nous devons faire un effort pour te laisser agir comme une grande fille. En échange, tu dois aussi accepter qu'à neuf ans, tu ne peux pas tout faire comme si tu avais l'âge de Vanessa. Tu es d'accord ?

Je suis bluffée. En fait, Maman, elle est parfois très forte pour me comprendre. Elle m'a tellement bien comprise que je réponds « oui » en essuyant mes larmes.

– Allez, mon petit cœur, va te baigner, viens dîner, et on prendra le temps de discuter et de regarder tes belles photos après. Ça te va comme ça ?

Avant de sortir, Vanessa me fait un gros bisou en s'excusant. Les yeux brillants, elle ajoute même :

– Tu as eu raison de te fâcher, Lulu. Moi, je n'ai jamais réussi à dire tout ça aussi clairement à Papa et Maman, et pourtant je te jure que ce n'était pas l'envie qui me manquait !

À table, j'ai retrouvé ma bonne humeur. Je pense que mes parents ont discuté entre eux, parce qu'ils font attention pendant tout le dîner à la façon dont ils s'adressent à moi.

Après le dessert, nous allons nous installer au salon pour regarder mes photos. Je les commente

une par une. Elles sont très réussies, surtout celles où je fais de la voltige. Mes parents et Vanessa sont impressionnés. Puis je sens la fatigue me tomber dessus d'un coup. La journée a été longue. Je dis bonsoir à mes parents en les serrant fort dans mes bras et, quand j'arrive en haut des escaliers, j'entends mon père qui confie à ma mère :

– C'est fou ce qu'elle a grandi pendant ces vacances. Tu ne trouves pas ? Regarde, là, sur cette photo, on dirait presque une ado !

Maman pouffe :

– Oui, c'est vrai… Enfin, ado ou pas, je vais tout de même aller la border !

Lorsqu'elle entre dans ma chambre, je me suis brossé les dents et je suis à deux doigts de m'endormir. Je glisse mes bras autour de son cou et lui murmure à l'oreille :

– Tu sais, tout à l'heure, j'étais énervée, mais j'ai quand même besoin de mon câlin avant de m'endormir…

– Oui, Lulu, je sais. Allez, dors bien, ma grande…

Soudain, je me sens vraiment en paix. Je ferme les yeux et je pars dans mes rêves au petit trot rejoindre mes amis les poneys.

ET TOI,

te traite-t-on parfois comme un bébé ?

Quand on est enfant, on a toujours envie de faire les mêmes choses que les plus âgés que soi. C'est naturel et positif : c'est ainsi que l'on grandit !

Seulement, **il ne faut pas vouloir aller trop vite** : les enfants n'ont en effet pas les mêmes droits que les grands, même si souvent ces interdictions sont vécues comme des injustices. Mais il ne faut pas oublier que les grands ne font pas non plus tout ce qu'ils veulent !

Pourtant, il est normal que les parents n'autorisent pas tout à leurs enfants : **c'est une façon de les protéger.**

Bien sûr, **il y a une différence entre « protéger » et « être sur-protecteur ».** Et certains parents ne se rendent parfois pas bien compte de la différence entre les deux.

Pour leur défense, **il faut dire que les enfants ont une grande force de vie, qui les fait grandir vite.** Il est parfois difficile, même pour des parents attentifs, de s'apercevoir des progrès de leurs enfants et d'adapter instantanément leur comportement vis-à-vis d'eux.

· Tu as ton rôle à jouer !

Commence par profiter de certaines occasions pour montrer que tu es capable d'agir de façon responsable et que l'on peut te faire confiance. Par exemple, en rangeant ta chambre seul ou en faisant tes devoirs sans qu'on ait besoin de te le demander.

· Raconte ton quotidien à ta famille : ce que tu fais à l'école, tes relations avec tes copains... Plus tu en diras sur toi, plus tes parents s'apercevront que tu grandis chaque jour davantage.

· Quand une interdiction t'apparaît comme une injustice, essaie d'en parler à quelqu'un d'extérieur, de préférence plus âgé que toi. Cela te permettra de comparer ta situation à une autre expérience, et de peut-être te rendre compte que, finalement, tu es plus libre que tu ne le pensais.

Maman, Papa, il faut qu'on parle !

· Cependant, chaque enfant évolue à son rythme, et selon son caractère. *N'hésite pas à rappeler à tes parents lequel est le tien.* Parfois, il suffit d'une simple conversation pour mettre les choses au clair.

· **Si tu estimes que l'attitude de tes parents n'évolue pas à ton égard, confie-toi à tes grands-parents, à ta maîtresse ou à des amis proches.** Ils sauront peut-être leur faire plus facilement prendre conscience que tu n'es plus un bébé.

Et surtout, n'oublie pas : grandir se fait en plusieurs étapes !